Plattgold GmbH auf der Insel Rügen
Frei nach dem PIM Gold Skandal

FSC
www.fsc.org
MIX
Papier aus ver-
antwortungsvollen
Quellen
Paper from
responsible sources
FSC® C105338

Herold zu Moschdehner

# Plattgold GmbH auf der Insel Rügen

## Frei nach dem PIM Gold Skandal

Bibliografische Information der Deutschen Nationalbibliothek
Die Deutsche Nationalbibliothek verzeichnet diese Publikation in der Deutschen Nationalbibliografie; detaillierte bibliografische Daten sind im Internet über http://dnb.d-nb.de abrufbar.

ISBN: 978-3-7693-0867-9

Copyright (2024) Herold zu Moschdehner
Verlag: BoD · Books on Demand GmbH,
In de Tarpen 42, 22848 Norderstedt
Druck: Libri Plureos GmbH,
Friedensallee 273, 22763 Hamburg
Alle Rechte bei dem Autoren.

12,99 Euro

## Vorwort

Die Geschichte der „Plattgold GmbH" ist inspiriert von realen Betrugsfällen in der Finanzwelt und basiert auf einem der bekanntesten Goldanlage-Betrugsfälle Deutschlands: dem PIM Gold Skandal. In der realen Geschichte nutzte die PIM Gold GmbH das Vertrauen der Anleger in Gold als vermeintlich sichere Investition und versprach hohe Renditen, die sich als reine Illusion herausstellten. Der Betrug endete mit großen Verlusten für die Investoren, einem landesweiten Aufsehen und einer breiten öffentlichen Diskussion über die Sicherheitslücken im Finanzwesen.

Mit dieser fiktiven Erzählung über das Goldprojekt der Plattgold GmbH auf der Insel Rügen wird die psychologische Dynamik solcher Täuschungsfälle beleuchtet. Die Geschichte zeigt, wie Betrüger mit Versprechungen auf schnelle Gewinne die Gier und Hoffnung ihrer Opfer manipulieren und so eine Fassade aus Lügen und falschem Vertrauen aufbauen. Gold ist als „sicherer Hafen" bekannt und wird von Menschen seit Jahrhunderten als verlässliche Anlage geschätzt. Doch genau dieses Vertrauen, kombiniert mit der Aussicht auf hohe Renditen, kann zur Falle werden.

„Plattgold GmbH" basiert daher nicht auf einem realen Unternehmen, sondern vereint Elemente echter Betrugsmaschen, die sich in der Finanzwelt wiederholt abspielen. Diese Erzählung dient nicht nur der Unterhaltung, sondern auch als Mahnung: Hohe Versprechungen und scheinbar sichere

Renditen bergen immer Risiken, besonders wenn
sie von charismatischen Personen und scheinbar
soliden Firmen präsentiert werden. Der Fall der
Plattgold GmbH soll daran erinnern, dass
kritisches Denken und gesunde Skepsis immer Teil
jeder finanziellen Entscheidung sein sollten.

## Kapitel 1: Kindheit und frühe Prägung

Hans Wagner wurde in einem kleinen Dorf in Mecklenburg geboren, einem Ort, an dem die Zeit langsamer verging und das Leben sich um Traditionen und die Natur drehte. In dieser bescheidenen Welt, geprägt von einfachen Werten und dem festen Glauben an Beständigkeit, wuchs Hans auf. Seine Eltern lebten ein ehrliches, aber bescheidenes Leben – sein Vater verdiente seinen Lebensunterhalt als Fischer, ein Job, der stark von den Launen der Natur abhing, und seine Mutter arbeitete als Krankenschwester in der örtlichen Klinik, um die Familie zu unterstützen.

Obwohl seine Familie finanziell nie im Überfluss lebte, schienen die Eltern darauf stolz zu sein, dass sie „mit dem Notwendigsten" auskamen. Für Hans jedoch, der schon früh eine bemerkenswerte Fantasie entwickelte, war das Leben in diesem Umfeld beengend. Seine Gedanken schwirrten oft um Geschichten von Reichtum, Macht und dem Gefühl, frei zu sein – etwas, das in seiner realen Umgebung fast unerreichbar schien. In seinen Tagträumen sah sich Hans als Abenteurer, der die Welt bereist und in vergessenen Ländern Schätze entdeckt.

### Die Kraft der Geschichten

Schon früh zeigte Hans ein untrügliches Talent, Menschen mit seinen Erzählungen in den Bann zu ziehen. Kinder und Erwachsene waren fasziniert von den Geschichten, die er zu erzählen wusste, und Hans liebte es, in ihren Augen das Staunen und die Bewunderung zu sehen, die seine Worte hervorriefen. Während andere Kinder im Wald spielten oder die Tiere im Dorf beobachteten, sammelte Hans merkwürdige Gegenstände: alte Münzen, verrostete Werkzeuge, und manchmal sogar zerbrochene Glasflaschen, die er geschickt mit Dreck und Moos überzog und als „Schätze" präsentierte.

Im kleinen Freundeskreis wurde er schnell als der „Schatzjäger" bekannt. Er erzählte von Piraten, die angeblich entlang der Küste Mecklenburgs gelandet waren, und erklärte mit Ernsthaftigkeit, wie die Dörfer vor Jahrhunderten von Entdeckern besucht worden waren, die verborgene Reichtümer hinterlassen hätten. Die Kinder hingen an seinen Lippen, wenn er beschrieb, wie alte Münzen aus einer längst vergangenen Ära im Boden schlummerten und nur darauf warteten, von einem wahren Abenteurer entdeckt zu werden.

Diese Geschichten waren natürlich rein erfunden, doch Hans erkannte, wie mächtig Worte sein konnten. Die Aufmerksamkeit und das Vertrauen seiner Zuhörer zu gewinnen, gab ihm ein Gefühl der Macht. Schon bald spürte er, dass er durch eine gut inszenierte Geschichte die Realität der Menschen ein Stück weit verändern konnte. Diese Erfahrung prägte Hans tief, und er begann, seine Fähigkeit, Menschen zu beeinflussen, bewusst einzusetzen.

**Die Schule als Bühne für seinen Charme**

In der Schule setzte sich diese Eigenschaft fort. Hans war nie der beste Schüler, wenn es um Disziplin und Fleiß ging, doch er wusste immer, wie er die Gunst der Lehrer gewinnen konnte. Wenn er seine Hausaufgaben vergaß oder eine wichtige Prüfung nicht vorbereitet hatte, fand er stets einen Weg, die Situation zu seinen Gunsten zu wenden. Mit einer Mischung aus Charme und erfundenen Geschichten schaffte er es, die Lehrer zu überzeugen, ihm eine zweite Chance zu geben oder ihm bei kleinen Fehlern durch die Finger zu sehen. Er war geschickt darin, Mitleid zu erwecken oder mit einem charmanten Lächeln zu betonen, wie sehr er sich anstrengen wollte, „nächstes Mal alles richtig zu machen."
Diese kleinen Manipulationen ließen ihn erkennen, dass Worte und Überzeugungskraft für ihn wie Werkzeuge waren, mit denen er sein Leben einfacher gestalten konnte. Im Gegensatz zu seinen Klassenkameraden, die sich mühsam durch das Schuljahr quälten, sah Hans die Schule als eine Bühne, auf der er sich inszenieren konnte. Er entwickelte ein Gespür dafür, wann und wie er Geschichten erzählen musste, um andere für sich zu gewinnen, und diese Fähigkeit machte ihn schon bald bei den Mitschülern beliebt und bei den Lehrern erstaunlich oft unantastbar.

**Die Magie der Sagen und Legenden**

Hans' Großmutter war eine wichtige Quelle für die Geschichten, die seine Fantasie beflügelten. Sie war eine leidenschaftliche Erzählerin und kannte

zahlreiche Legenden aus der Region –
Geschichten über Piraten, die angeblich an der
Küste Mecklenburgs landeten, über verborgene
Schätze und über Geister, die die tiefen Wälder
heimsuchten. Hans lauschte ihren Erzählungen oft
mit leuchtenden Augen, und besonders die
Legenden von geheimen Höhlen und
vergessenen Königreichen übten eine unbändige
Faszination auf ihn aus.
Die Geschichten der Großmutter verankerten in
ihm den Glauben an das Geheimnisvolle und
Unerklärliche. Doch im Gegensatz zu anderen
Kindern, die die Geschichten als Märchen sahen,
nahm Hans sie als eine Art Realität wahr – als
Welten, die er selbst erreichen und erforschen
konnte. Die Vorstellung, dass irgendwo in der
Erde verborgene Reichtümer auf ihn warteten,
ließ ihn nicht mehr los. Wann immer er in der
Natur umherstreifte, hielt er nach Zeichen
Ausschau, die ihn zu einem geheimen Schatz
führen könnten. Das Finden von Reichtum und
die Vorstellung von Abenteuern in unbekannten
Ländern wurden für Hans zu einer Art
Besessenheit.

**Erste Experimente mit Überzeugungskraft**

Im Verlauf seiner Jugend begann Hans, die
Geschichten der Großmutter zu erweitern und mit
seinen eigenen Fantasien auszuschmücken. Eines
Tages zeigte er seinen Freunden einen
abgebrochenen Ast, der für ihn wie ein
vergrabener Schatz aussah. Er erzählte ihnen,
dass es sich dabei um ein Artefakt eines alten

Entdeckers handelte, das er in einer Höhle
gefunden hatte. Die anderen Kinder waren
zunächst skeptisch, doch Hans gelang es, ihre
Zweifel zu zerstreuen und sie davon zu
überzeugen, dass die Geschichte echt war.
Nach dieser ersten „Erfolgsgeschichte" folgten
weitere. Immer wieder präsentierte er Fundstücke
und erzählte, dass sie Hinweise auf längst
vergessene Schätze seien. Die Kinder glaubten
ihm mehr und mehr, und Hans erkannte, dass die
Bereitschaft der Menschen, das Unmögliche zu
glauben, weitaus stärker war, als er gedacht
hatte. Er lernte, dass Vertrauen und Neugier
mächtige Mittel waren, um andere Menschen zu
kontrollieren und für seine Zwecke einzusetzen.
Diese Entdeckung bestärkte ihn in dem Wunsch,
eines Tages groß rauszukommen und das
einfache Leben seiner Familie hinter sich zu
lassen.

**Die Sehnsucht nach mehr**

Mit der Zeit begann das ländliche Leben Hans
immer mehr einzuengen. Für ihn bedeuteten die
engen Straßen und der begrenzte Horizont des
Dorfes eine Art Gefängnis, in dem er seine
Träume nicht verwirklichen konnte. Während
seine Eltern die Einfachheit des Lebens schätzten
und ihm oft predigten, wie wichtig harte Arbeit
und Ehrlichkeit seien, suchte Hans insgeheim
nach einem Ausweg. Er wollte das Leben eines
Abenteurers führen, eines Entdeckers, der über
sich hinauswächst und aus der Masse
hervorsticht.

In den stillen Momenten, wenn er allein war,
schwor er sich, dass er eines Tages das Dorf und
die bescheidenen Lebensverhältnisse seiner
Familie hinter sich lassen würde. Er versprach sich
selbst, dass er das Leben führen würde, von dem
er immer geträumt hatte – ein Leben voller
Reichtum, Macht und Abenteuer. Die
Erzählungen seiner Kindheit und seine Fähigkeit,
Menschen zu beeinflussen, waren zu einem Teil
von ihm geworden, und er spürte, dass sie ihm
eines Tages den Weg in eine größere,
spannendere Welt ebnen würden.

## Kapitel 2: Der Übergang zur Schulzeit und Jugendjahre

Mit dem Wechsel in die weiterführende Schule begann für Hans eine neue Phase, die ihm mehr Freiheiten und neue Möglichkeiten bot, seine Überzeugungskraft auszuleben. Während seine Mitschüler mit den Herausforderungen der Schule kämpften, sah Hans das Ganze als eine Art Spiel, bei dem es darum ging, andere zu beeinflussen und das Vertrauen der Menschen zu gewinnen – eine Art Probe für die Welt, die er eines Tages zu erobern plante.

### Die Schulzeit als Bühne für seine Geschichten

In der Schule wurde Hans schnell für sein Charisma und seine charmante Art bekannt. Obwohl er oft nachlässig mit seinen Aufgaben umging, gelang es ihm stets, sich aus jeder Situation herauszureden. Wenn er Hausaufgaben vergaß oder ein schlechtes Ergebnis erzielte, hatte er immer eine passende Ausrede parat: angeblich erkrankte Verwandte, unglückliche Missgeschicke oder schlichtweg Überforderung durch zusätzliche Verantwortungen zu Hause. Diese Geschichten waren meist frei erfunden, doch Hans wusste, wie er sie glaubwürdig darstellte und seine Lehrer damit überzeugte. Hans begann, mit seinen Mitschülern ähnliche „Spielchen" zu treiben. Einmal, als ein neuer Schüler namens Tom in seine Klasse kam, erzählte Hans ihm, dass in den umliegenden Wäldern ein versteckter Schatz vergraben sei – eine alte Kiste,

die angeblich von einem Seemann dort
zurückgelassen wurde. Hans malte Tom die
Geschichte in lebhaften Farben aus und brachte
ihn dazu, eine „Expedition" in den Wald zu
unternehmen. Mit Taschenlampen und Stöcken
bewaffnet, durchkämmten sie das Unterholz, bis
Tom voller Hoffnung nach dem Schatz suchte,
während Hans den Moment genoss. Diese
Erfahrungen prägten seine Sichtweise auf andere
Menschen – sie bestätigten ihm, dass er durch
Geschichten Macht über die Realität anderer
gewinnen konnte.

### Der „Testlauf" einer größeren Lüge

Als Hans bemerkte, dass seine Geschichten auf
immer mehr Akzeptanz stießen, wagte er sich an
größere Lügen heran. Eines Tages erfand er eine
Erzählung über eine alte Schatzkarte, die er
angeblich in einer vergilbten Schachtel im Haus
seines Großvaters gefunden hatte. Diese Karte, so
behauptete er, zeige den Standort eines
Schatzes irgendwo an der Ostseeküste, versteckt
in einem verlassenen Schiffswrack. Der Gedanke
an eine echte Karte und die vage Möglichkeit
eines Schatzes ließ seine Mitschüler begeistert
aufhorchen, und Hans fühlte die wachsende
Spannung und den Glauben seiner Freunde an
seine Erzählung.
Die Lehrer blieben von dieser Geschichte nicht
unberührt, denn einige von ihnen beobachteten,
wie die Schüler über Schatzkarten und alte
Legenden diskutierten. Als einer der Lehrer, Herr
Meinhardt, ihn zur Rede stellte, erklärte Hans

voller Ernsthaftigkeit, dass er die Karte wirklich gefunden habe und sich die alten Geschichten wohl nur zufällig damit deckten. Herr Meinhardt, der die Neugier und Leidenschaft in Hans' Augen sah, ließ das Thema auf sich beruhen, doch Hans erkannte hier eine weitere Gelegenheit: Autoritätspersonen konnten ebenso getäuscht werden, wenn nur die Geschichte glaubhaft genug war.

## Die Bedeutung des Einflusses und das „Gefühl der Macht"

Im Verlauf seiner Jugend spürte Hans immer stärker, dass es ihm eine seltsame Zufriedenheit bereitete, wenn er Menschen um sich versammeln und sie mit einer überzeugenden Geschichte beeindrucken konnte. Es war, als ob er mit jeder weiteren Erzählung, die ihm geglaubt wurde, mehr Kontrolle über sein Umfeld erhielt. Dieses Gefühl – das er in seinen Tagträumen als „Macht" bezeichnete – war für ihn ein Beweis dafür, dass er eines Tages viel mehr erreichen könnte als das, was seine Familie sich je vorgestellt hatte. Während seine Eltern und Lehrer von einer ehrlichen Karriere in der Stadt träumten, war Hans von dem Gedanken besessen, eine größere, reichere Welt für sich selbst zu schaffen. Seine Verbindungen und Freundschaften in der Schule waren oft rein strategisch. Hans umgab sich mit denen, die ihm nützlich erscheinen konnten: Mitschüler, die ihm Hausaufgaben zuschoben, und solche, die seine Abenteuerpläne unterstützten. Er formte eine kleine Gruppe, die ihm in seiner Fantasiewelt folgte und ihm das Gefühl gab, unangefochtene Autorität über sie zu haben. Er verstand schnell, dass Loyalität etwas war, das man gewinnen konnte – oft durch eine Mischung aus Charme und einer Prise Angst vor dem Unbekannten.

## Die Schule und die wachsende Sehnsucht nach Reichtum

Mit der Zeit entwickelte Hans auch ein zunehmendes Interesse an Geld. Während er als Kind den Reichtum nur in Form von Geschichten kannte, begann er nun zu realisieren, dass Geld ihm das Tor zu einem anderen Leben öffnen konnte. Er beobachtete seine Lehrer und Eltern, wie sie über Schulden, Gehälter und Investitionen sprachen, und erkannte, dass finanzielle Mittel eine Art Macht waren – eine Macht, die nicht durch Worte allein ersetzt werden konnte.
Diese Erkenntnis brachte ihn auf die Idee, mit Geldgeschäften zu experimentieren. Eines Tages bot er einem Mitschüler an, ihm „Schutz" zu gewähren, wenn er ihm regelmäßig kleine Geldbeträge gab. Hans sagte, er habe Kontakte, die seinen Freund beschützen könnten – eine Geschichte, die der naive Schüler bereitwillig glaubte. Hans nutzte diese Art von „Geschäften" geschickt aus und sammelte damit seine ersten Einnahmen. Für ihn war dies eine neue Ebene der Kontrolle, und er spürte, dass diese Fähigkeiten ihm später zu etwas Größerem verhelfen könnten.

## Die ersten Schritte ins Erwachsensein und der Traum von Freiheit

Während seiner Jugend wurde der Wunsch, das Dorf zu verlassen, stärker. Hans sah die kleinen Straßen und die vertrauten Gesichter als Begrenzungen, die ihn einengten. Für ihn bedeuteten die Wiesen und Wälder um das Dorf nicht mehr Abenteuer, sondern das Ende des Möglichen. Er wollte hinaus in die Welt und das Leben führen, das er sich immer in seinen Geschichten ausgemalt hatte. Wann immer er alleine war, schwor er sich, eines Tages die Enge seines Dorfes und die beschränkten Möglichkeiten hinter sich zu lassen.

Hans war fest entschlossen, ein Leben in Reichtum und Macht zu führen – ein Leben, das er nicht in der Nachfolge seines Vaters als Fischer oder in einer anderen bescheidenen Arbeit verwirklichen konnte. Mit seinen manipulativen Fähigkeiten, seinem Charme und seiner Fähigkeit, die Menschen mit Geschichten zu beeindrucken, fühlte er sich schon jetzt bereit, in eine größere Welt hinauszugehen. In ihm reifte der Gedanke, dass seine Worte und sein Einfluss ihm den Weg in eine Zukunft ebnen würden, die ihm eine nie dagewesene Freiheit und Macht verschaffen würde.

## Kapitel 3: Studium und strategische Vorbereitungen

Nach dem Schulabschluss zog Hans in die nächstgrößere Stadt, um ein Wirtschaftsstudium zu beginnen. Hier sah er eine Gelegenheit, mehr über Finanzen, Märkte und die Psychologie der Anleger zu lernen. Seine Zeit an der Universität war für ihn nicht nur eine Ausbildung, sondern eine Vorbereitung auf das Leben, das er sich immer vorgestellt hatte – ein Leben in Wohlstand und voller Kontrolle über seine Umgebung. Bereits während seines Studiums legte er die Grundsteine für seinen späteren Betrug.

### Der Einstieg in die Welt der Finanzen

Hans faszinierte vor allem das Thema Rohstoffmärkte und das Investitionsverhalten. Er bemerkte, dass viele Menschen Gold als sichere Anlage sahen und ihre Entscheidungen oft von Gier oder Angst geleitet wurden, nicht von rationalem Denken. Diese Erkenntnis brachte ihn auf die Idee, dass er die menschliche Anfälligkeit für solche Gefühle gezielt ausnutzen könnte. Er begann, die Grundlagen einer gefälschten Anlageidee zu entwerfen, bei der er Anleger mit einem angeblich sicheren und ertragreichen Goldprojekt locken würde.

Gold war in Deutschland immer als sichere Wertanlage bekannt. Für Hans erschien es ideal, seine Geschichte um eine „Entdeckung" von Goldreserven zu stricken. In Gedanken begann er die ersten Schritte zur Gründung eines

Unternehmens, das Anleger überzeugen könnte:
die **Plattgold GmbH**. Der Name sollte seriös und
professionell wirken, um Vertrauen zu wecken.
Auch die Vorstellung, dass sich auf der Insel
Rügen – einem bekannten, aber abgelegenen
Ort – neue Goldreserven entdecken ließen, reizte
ihn. Diese Fiktion wurde für Hans zu einer Art
Obsession.

## Die ersten Schritte zur Firmengründung

Während des Studiums lernte Hans Studenten aus
dem Bereich Geologie kennen, darunter
Andreas, der sich auf Rohstoffförderung
spezialisierte. Er umgarnte Andreas mit
Versprechungen von schnellen Gewinnen und
erzählte ihm von der angeblichen Goldader, die
er auf Rügen entdeckt haben wollte. Andreas,
fasziniert von der Idee und der Aussicht auf
Gewinn, ließ sich überzeugen und willigte ein, als
„Berater" zu fungieren. Er half dabei, gefälschte
geologische Gutachten zu erstellen, die den
„Goldfund" bestätigen sollten.
Hans nutzte die gefälschten Berichte und das
Netzwerk der Universität, um sein Unternehmen
offiziell anzumelden. Die Plattgold GmbH sollte
Anleger überzeugen, indem sie den Anschein
eines professionellen und sicheren Projekts
vermittelte. Er mietete ein kleines Büro in der Stadt
und gestaltete es mit Broschüren und Schautafeln
zur Goldförderung aus. Die Plattgold GmbH
bekam eine Webseite und Visitenkarten, um den
Anschein eines legitimen Unternehmens zu
wahren.

## Die Suche nach Investoren

Mit der etablierten Plattgold GmbH begann Hans, gezielt erste Investoren anzusprechen. Durch Kontakte und Gespräche auf Investorenveranstaltungen streute er Informationen über „vielversprechende Funde auf Rügen" und das „Potenzial der deutschen Goldförderung." Die Geschichte der Goldmine sprach sich schnell herum, und neugierige Investoren zeigten Interesse. Hans versicherte ihnen, dass die Goldvorkommen in Kürze erschlossen würden und dass dies eine „einmalige Gelegenheit" sei, die sie nicht verpassen sollten.
Sein Charme und die sorgfältig gestalteten Dokumente überzeugten die ersten Investoren. Er bot ihnen an, die Förderstelle auf Rügen zu besuchen und die Fortschritte selbst zu sehen. Für diese Besichtigungen organisierte er Besuche in einem verlassenen Steinbruch und behauptete, dass die notwendigen Maschinen bald geliefert würden. Die Investoren wurden von der Präsentation und der professionellen Ausführung beeindruckt, und viele von ihnen investierten.

## Die ersten Zweifel und seine Reaktion

Im Laufe der Zeit meldeten sich auch skeptische Investoren, die detaillierte Nachweise forderten. Hans begann, noch tiefer in seine eigene Lüge zu tauchen und zusätzliche „Belege" zu schaffen. Er behauptete, dass die Probenanalyse mehr Zeit benötige, und versprach den Anlegern, dass die

Ergebnisse bald veröffentlicht würden. Um die Illusion aufrechtzuerhalten, täuschte er fortlaufende Fortschritte vor und veröffentlichte gefälschte Berichte über angebliche Probebohrungen.

Mit jedem Schritt verstrickte Hans sich weiter in sein Netz der Täuschung. Der Druck stieg, und er merkte, dass jeder neue Investor und jede neue Lüge die Situation komplizierter machte. Doch für Hans war dies mehr als nur ein Betrug – es war ein Spiel, in dem er sich beweisen wollte.

## Kapitel 4: Der Aufstieg des Betrügers

Mit der Plattgold GmbH und der wachsenden Zahl von Investoren, die bereitwillig ihr Geld in das vermeintliche Goldprojekt auf Rügen steckten, fühlte Hans sich unbesiegbar. Seine Illusion von einer erfolgreichen Goldförderungsgesellschaft gewann immer mehr an Substanz. Er hatte es geschafft, sein Unternehmen wie eine echte Rohstofffirma wirken zu lassen, und der Gedanke, dass so viele Menschen an seine Geschichte glaubten, gab ihm ein Gefühl von Macht und Überlegenheit. Er spürte, dass sein Plan ihm ein Leben ermöglichen konnte, das weit über das hinausging, was er sich je erträumt hatte.

### Professionelle Fassade und gezielte Manipulation

Um die Plattgold GmbH glaubwürdig erscheinen zu lassen, legte Hans großen Wert auf eine perfekte Präsentation. Er gestaltete Broschüren, die detailliert den „Förderplan" und die „geologischen Vorteile" des Standorts auf Rügen beschrieben. Die Materialien enthielten professionelle Grafiken und beeindruckende Zahlen zu den „Projekterträgen", die bei den Investoren den Eindruck erweckten, dass sie in ein solides, zukunftssicheres Unternehmen investierten. Hans engagierte sogar einen Designer, um die Webseite der Plattgold GmbH professionell und seriös zu gestalten. Die Webseite beinhaltete Berichte über den „wirtschaftlichen Nutzen" des Projekts sowie Fotos von angeblichen Förderstellen und Bohrungen.

Neben den visuellen Materialien sorgte Hans auch dafür, dass die Kommunikation mit den Investoren perfekt abgestimmt war. Er plante regelmäßige Updates, schickte E-Mails mit den neuesten „Entwicklungen" und lud die wichtigsten Investoren zu Besichtigungstouren auf die Insel Rügen ein. Für diese Touren mietete er ein stillgelegtes Bergbaugelände und sorgte dafür, dass die Besucher eine beeindruckende Präsentation erhielten. Er stellte Gerätschaften und Proben aus, die er sorgfältig inszenierte, um die Illusion einer aktiven Mine aufrechtzuerhalten.

## Die wachsende Gier der Investoren

Mit der perfekt orchestrierten Fassade wuchs die Anziehungskraft auf neue Investoren. Die Nachrichten über das „Goldprojekt" auf Rügen machten schnell die Runde, und das Projekt begann, nicht nur Privatpersonen, sondern auch größere Firmen und Investoren anzuziehen, die sich eine Beteiligung sichern wollten. Hans wusste, dass die Aussicht auf hohe Renditen die Gier der Menschen entfachte, und nutzte diese Schwäche gezielt aus.
Er versprach gewaltige Gewinne und skizzierte in Meetings ein Bild, in dem Rügen bald das „neue Goldzentrum Deutschlands" werden würde. Die Geschichten wurden so überzeugend dargestellt, dass viele Investoren kaum nachfragen mussten. Sie wollten nur sicherstellen, dass sie ihren Anteil an dem vermeintlichen Erfolg nicht verpassten. Einige seiner Investoren begannen sogar, ihre Ersparnisse in die Plattgold GmbH zu stecken, und

Hans wusste, dass er nun über eine enorme
Menge Geldes verfügte.

## Die erste Medienaufmerksamkeit und Zweifel

Die wachsende Bekanntheit des Projekts führte
bald dazu, dass auch regionale Medien auf das
Goldprojekt aufmerksam wurden. Ein kleiner
Artikel über „die Goldentdeckung auf Rügen"
erschien in einer Lokalzeitung und weckte das
Interesse der Öffentlichkeit. Hans wusste, dass
dies ein Wendepunkt war: Einerseits erhöhte die
Medienpräsenz die Bekanntheit der Plattgold
GmbH und zog noch mehr Investoren an,
andererseits stieg damit auch das Risiko, dass
skeptische Stimmen laut werden würden.
Er begann, die Medien gezielt zu manipulieren.
Mit vorbereiteten Statements und sorgfältig
geplanten Fotos sorgte er dafür, dass die
Plattgold GmbH in den Artikeln als seriös und
vielversprechend dargestellt wurde. Doch die
erste Welle von Zweifeln ließ nicht lange auf sich
warten. Einige Investoren, die genauere
Nachweise über die Goldförderung wollten,
begannen, unangenehme Fragen zu stellen.
Hans begegnete diesen Zweifeln mit noch
detaillierteren Berichten, die Andreas und ein
kleines Team von Helfern fälschten. Er erklärte,
dass die geologischen Bedingungen eine
Herausforderung darstellten und dass die Analyse
der Probebohrungen aufwendiger sei als
erwartet.

## Der Druck wächst

Mit jeder neuen Lüge, die er erschuf, verstrickte
sich Hans tiefer in sein Netz der Täuschung. Der
Druck, die Geschichte glaubwürdig
aufrechtzuerhalten, nahm stetig zu, und Hans
spürte die Last, die Erwartungen der Investoren
und die Aufmerksamkeit der Medien zu erfüllen.
Er begann, die Investoren mit regelmäßigen
Erfolgsmeldungen und „Prognosen" zu
beruhigen, die die bevorstehenden Gewinne in
leuchtenden Farben beschrieben.
Die Komplexität des Projekts wuchs jedoch mit
jeder weiteren Inszenierung. Hans erkannte, dass
er immer größere Anstrengungen unternehmen
musste, um die Illusion der Goldmine glaubhaft zu
halten. Jede weitere Präsentation, jede
gefälschte Bohrprobe und jeder Bericht brachte
ihn tiefer in die Welt des Betrugs. Doch anstatt
sich von den Risiken abschrecken zu lassen, sah
Hans die Situation als Herausforderung, die er
meistern wollte.

## Die erste große Investition und der Ausblick auf
## ein Leben in Reichtum

Mit der Zeit gelang es Hans, einen großen Investor
zu gewinnen, der bereit war, eine erhebliche
Summe in die Plattgold GmbH zu investieren.
Diese Investition stellte einen weiteren
Wendepunkt dar: Mit diesem Geld könnte er das
Unternehmen weiter ausbauen und seine
Fassade noch glaubwürdiger gestalten.
Gleichzeitig wuchs in ihm das Bewusstsein, dass

sein Plan langfristig nicht halten würde – dass es nur eine Frage der Zeit war, bis die Wahrheit ans Licht käme.

Doch für Hans war dieser Moment einer der Höhepunkte seines bisherigen Lebens. Das Gefühl, so viele Menschen überzeugt und manipuliert zu haben, erfüllte ihn mit einem berauschenden Gefühl der Macht und Überlegenheit. In seinen Gedanken malte er sich bereits aus, wie er mit dem Geld das Land verlassen und ein neues Leben beginnen würde – weit entfernt von den kleinen Straßen und der bescheidenen Umgebung, in der er aufgewachsen war. Die Plattgold GmbH hatte ihm die Tür zu einem Leben in Reichtum und Freiheit geöffnet, und er war fest entschlossen, diese Chance bis zum Äußersten auszureizen.

## Kapitel 5: Die zunehmende Skepsis und die ersten Risse im Plan

Die Plattgold GmbH hatte sich inzwischen fest im Markt etabliert, und Hans konnte sich über den stetigen Geldfluss seiner Investoren freuen. Die Firma war bereits in mehreren Medienberichten erschienen, die das „Goldprojekt" als vielversprechend darstellten. Die Investorenbasis wuchs, und das Unternehmen zog auch überregionale Aufmerksamkeit auf sich. Doch mit dem wachsenden Erfolg kamen auch die ersten ernsthaften Zweifel, und Hans spürte, wie sein Plan langsam unter der Last seiner eigenen Inszenierung zu wanken begann.

### Der Anstieg des Drucks durch externe Prüfungen

Mit der zunehmenden Bekanntheit der Plattgold GmbH begann sich die Aufmerksamkeit auch auf den Standort Rügen zu richten. Einige Investoren beschlossen, eigene geologische Gutachten in Auftrag zu geben und brachten unabhängige Experten auf die Insel. Hans reagierte darauf mit einer Mischung aus improvisierten Entschuldigungen und verzögerten Ausreden. Er erklärte, dass die geplanten Förderungen erst in einem späten Stadium seien und dass eine detaillierte geologische Untersuchung zeitaufwendig und kostspielig wäre.
Dennoch konnte er nicht verhindern, dass sich einige der unabhängigen Berichte in den Kreisen der Investoren verbreiteten. Diese Berichte wiesen auf eine völlige Abwesenheit von Gold im

betreffenden Gebiet hin. Die Hinweise auf
Täuschung wurden lauter, und einige Anleger
begannen, unangenehme Fragen zu stellen.
Hans versuchte, die Zweifel mit noch
detaillierteren Berichten und gefälschten Proben
zu zerstreuen, die Andreas und sein Team eigens
für diese Fälle erstellten. Doch die wachsende
Anzahl an Skeptikern und die Forderung nach
Klarheit brachten ihn zunehmend unter Druck.

**Die Täuschung wird immer aufwendiger**

Um die Investoren zu beruhigen, erweiterte Hans
die Inszenierung des Projekts. Er ließ zusätzliche
Maschinen auf das Gelände bringen und
organisierte Scheinausgrabungen, bei denen
angebliche Goldproben zutage gefördert
wurden. Diese Proben wurden sorgfältig
vorbereitet und an Investoren verteilt, die die
Ergebnisse mit Begeisterung aufnahmen und
damit zunächst die aufkommenden Zweifel in
den Hintergrund drängten.
Hans fühlte sich zunächst bestätigt, als die Skepsis
in den Reihen der Investoren abnahm und das
Vertrauen in die Plattgold GmbH
wiederhergestellt war. Doch er merkte auch, dass
die Täuschung immer aufwendiger und riskanter
wurde. Jede neue Inszenierung und jeder
gefälschte Bericht erforderte eine noch
detailliertere Vorbereitung und brachte ihn noch
tiefer in das Netz aus Lügen. Inzwischen hatte er
nicht nur Andreas, sondern auch weitere
Komplizen engagiert, die ihm halfen, die Fassade
des Goldprojekts aufrechtzuerhalten.

## Die Rückforderung erster Investoren und der finanzielle Druck

Die ersten Investoren, die an der Plattgold GmbH beteiligt waren, hatten inzwischen genug von den vielen Verzögerungen und verlangten, ihre Anteile zurückzuziehen. Hans stand nun vor der Herausforderung, diese Forderungen zu erfüllen, ohne die finanziellen Mittel zu gefährden, die er für die fortlaufende Täuschung und den Betrieb seines Unternehmens benötigte. Da er die Gelder bereits weitgehend aufgebraucht hatte, geriet er zunehmend in finanzielle Bedrängnis.
In einem verzweifelten Versuch, die Forderungen zu erfüllen und weitere Zweifel im Keim zu ersticken, begann Hans, die Investitionen neuer Anleger direkt an die früheren Investoren auszuzahlen. Dieser klassische Ansatz des Ponzi-Schemas verschaffte ihm zunächst etwas Luft und beruhigte die Investoren. Doch er wusste, dass diese Lösung nur temporär war und dass der ganze Plan schließlich in sich zusammenfallen würde, wenn nicht bald neues Kapital hereinkäme.

## Die unaufhaltsame Lawine und die ersten Schritte zum Kollaps

Mit jeder neuen Lüge und jedem weiteren gefälschten Bericht verstrickte sich Hans tiefer in sein selbstgebautes Konstrukt. Er konnte spüren, wie die Täuschung sich immer schwieriger aufrechterhalten ließ. Gleichzeitig wurde die Skepsis in den Reihen der Investoren immer

größer, und es bildeten sich erste Gruppen, die offen über die Möglichkeit eines Betrugs spekulierten. Einige von ihnen drohten, rechtliche Schritte einzuleiten und unabhängige Untersuchungen durchzuführen.
In seiner Verzweiflung plante Hans, sich selbst immer weiter von den Investoren abzusetzen und sich nach und nach ein geheimes Fluchtkapital anzulegen. Die Idee, eines Tages das Land zu verlassen und mit einem Teil des verbliebenen Geldes ein neues Leben zu beginnen, wurde zu seinem ständigen Begleiter. Er träumte davon, sich nach Südamerika oder Asien abzusetzen, wo niemand von der Plattgold GmbH je gehört hätte und er unerkannt leben könnte.

**Das Gefühl der Macht und die innere Zerrissenheit**

Während der Druck und die Angst vor dem Entlarvtwerden stiegen, fühlte Hans immer noch eine Art Rausch, wenn er die Investoren überzeugte und seine Fassade weiter aufrecht hielt. Doch dieser Rausch war nicht mehr die pure Freude, die er anfangs verspürte; er mischte sich mit einer inneren Zerrissenheit und dem Wissen, dass er viele Menschen um ihre Ersparnisse gebracht hatte. Die bittere Realität seines Betrugs begann ihn einzuholen, und die Menschen, die er anfangs nur als „nützliche Figuren" betrachtet hatte, traten ihm immer deutlicher als Opfer seiner Gier und Manipulation entgegen.
Das Kapitel endet mit Hans, der in einem Moment der Einsamkeit in seinem Büro sitzt und auf die Konten der Plattgold GmbH schaut. Das Konto,

das ihn einst mit Stolz erfüllte, ist nun ein Symbol der Täuschung, und der schwindende Kontostand kündigt den nahenden Zusammenbruch an.

## Kapitel 6: Der Zerfall der Plattgold GmbH

Mit den finanziellen Schwierigkeiten und dem zunehmenden Druck durch die skeptischen Investoren stand Hans nun kurz vor dem Zusammenbruch. Die Plattgold GmbH, die er einst als den Inbegriff seines Erfolgs ansah, drohte, unter dem Gewicht seiner Lügen zu zerfallen. Während seine Schulden wuchsen und das Vertrauen der Investoren erodierte, sah Hans die Schlinge, die sich um ihn legte, immer enger ziehen.

### Die Eskalation und interne Konflikte

Da Hans in immer größere Schwierigkeiten geriet, brach auch die Loyalität innerhalb seines Teams zusammen. Andreas und andere Mitstreiter, die seine Machenschaften jahrelang unterstützt hatten, begannen, Zweifel an der Zukunft der Plattgold GmbH zu hegen. Einige von ihnen wollten sich zurückziehen, andere forderten eine Auszahlung ihrer „Beteiligungen" – Gelder, die Hans längst aufgebraucht hatte. Der Zusammenhalt in seiner Gruppe bröckelte, und Hans konnte spüren, dass selbst seine engsten Vertrauten begannen, ihm zu misstrauen.

Verzweifelt versuchte er, die Situation mit Versprechungen und Drohungen zu stabilisieren. Er versprach Andreas und den anderen, dass „bald" eine bedeutende Entdeckung publik gemacht werde und dass die Auszahlungen nur eine Frage der Zeit seien. Doch die Mitwisser wussten, dass sie nur ein kleiner Schritt von rechtlichen Konsequenzen entfernt waren und begannen, sich von Hans und dem Projekt zu distanzieren.

## Die Aufdeckung und die Reaktionen der Investoren

Parallel dazu wurden die Investoren immer misstrauischer. Erste Gruppen schlossen sich zusammen und kontaktierten unabhängige Gutachter, um die Wahrheit über die Goldvorkommen auf Rügen herauszufinden. Nach und nach kamen Berichte ans Licht, die belegten, dass die „Proben" der Plattgold GmbH nichts als Täuschung waren. Als diese Informationen öffentlich wurden, forderten immer mehr Investoren ihr Geld zurück und drohten mit Klagen. Die gesamte Struktur seines Plans begann sich unter diesem massiven Druck aufzulösen. Die lokale Presse griff den Fall auf, und innerhalb kurzer Zeit verbreitete sich die Nachricht vom Plattgold-Betrug in der gesamten Region. Interviews mit betrogenen Investoren und Details über die gefälschten Gutachten sorgten für ein landesweites Medieninteresse. Die Behörden wurden eingeschaltet, und eine offizielle

Untersuchung begann, die Finanzen und Unterlagen der Plattgold GmbH zu prüfen.

## Der endgültige Zusammenbruch und die Verhaftung

Hans versuchte, ein letztes Mal die Kontrolle zu behalten und sich aus der Situation herauszuwinden. Er plante, mit den verbliebenen Geldern ins Ausland zu fliehen und ein neues Leben zu beginnen, bevor die Justiz vollständig gegen ihn vorgehen konnte. Doch seine Pläne scheiterten, als die Behörden seine Konten sperrten und ihn schließlich verhafteten. Während des Prozesses kam das gesamte Ausmaß seines Betrugs ans Licht. Hans wurde für schuldig befunden, Millionen an Anlegergeldern veruntreut zu haben, und erhielt eine lange Haftstrafe. Im Gerichtssaal, umgeben von enttäuschten und wütenden Investoren, die um ihre Ersparnisse gebracht worden waren, wurde ihm klar, dass sein Traum von Reichtum und Macht letztlich nur ein gefährliches Spiel gewesen war, das mit dem Ruin vieler Menschen endete.

## Der Nachhall des Betrugs und das Vermächtnis des Falls

Nach der Verurteilung blieb der Fall der Plattgold GmbH noch lange in Erinnerung. Für viele Menschen diente er als abschreckendes Beispiel für die Gefahren von Gier und Leichtgläubigkeit. Die Geschichte des „Goldprojekts auf Rügen" wurde von Medien und Publikationen aufgearbeitet und diente als Mahnung an Investoren, sich von hohen Versprechungen nicht blenden zu lassen. Hans Wagner, einst ein brillanter Geschichtenerzähler, blieb in Erinnerung als ein Mann, der das Vertrauen vieler Menschen missbrauchte und für seine eigenen Ziele opferte. Das Kapitel und die Geschichte enden mit einem Bild von Hans in seiner Zelle, gefangen in den Mauern, die symbolisch für die Lügen stehen, die er sich selbst aufgebaut hatte. Seine Freiheit und sein Traum von Reichtum waren für immer verloren.

## Kapitel 7: Die Nachwirkungen und Lehren

Nach Hans' Verurteilung und der öffentlichen Aufdeckung des Betrugs blieb der Fall der Plattgold GmbH im kollektiven Gedächtnis. Der Betrug hatte nicht nur die Investoren betroffen, sondern eine gesamte Region erschüttert und Vertrauen in die Sicherheit von Goldinvestitionen nachhaltig beschädigt. Die Geschichte verbreitete sich schnell und wurde von der Presse weiterverfolgt – es war nicht nur ein Betrugsfall, sondern eine Geschichte über Gier, Täuschung und die psychologische Macht von überzeugenden Lügen.

### Die Auswirkungen auf die Opfer und die Region

Die Investoren, die oft ihre gesamten Ersparnisse in die Plattgold GmbH gesteckt hatten, standen vor dem finanziellen Ruin. Viele von ihnen waren Rentner oder Familienväter, die auf das Versprechen von sicheren Gewinnen vertraut hatten und nun vor dem Nichts standen. Der Verlust ihrer Ersparnisse brachte nicht nur finanziellen Schaden, sondern auch einen tiefen Vertrauensbruch mit sich. Sie wurden misstrauischer gegenüber Investitionsangeboten, und für einige blieb das Trauma des Betrugs ein lebenslanger Begleiter.
Die Region um Rügen war besonders von den Folgen des Betrugs betroffen. Der Vorfall erschütterte das Ansehen der Region als verlässlicher Investitionsstandort und führte dazu, dass viele Projekte, die tatsächlich in der Region

geplant waren, Schwierigkeiten hatten, Investoren zu finden. Die lokale Wirtschaft litt unter den Nachwirkungen, da sowohl Unternehmen als auch Investoren zögerlicher wurden und vermehrt auf echte Nachweise und Sicherheitsgarantien bestanden.

## Die mediale Aufarbeitung und die Warnung für zukünftige Generationen

Der Plattgold-Betrug wurde zu einem medialen Dauerthema. Zahlreiche Artikel, Dokumentationen und Interviews beleuchteten den Fall aus verschiedenen Perspektiven. Journalisten interviewten die Opfer, die ehemaligen Investoren und die Ermittler, die an der Aufklärung beteiligt gewesen waren. Der Betrugsfall wurde ausführlich analysiert, und die Lehren daraus dienten als warnendes Beispiel für den Umgang mit riskanten Investitionen. Finanzexperten und Psychologen analysierten die Mechanismen, die Hans so erfolgreich gemacht hatten. Sie erklärten, wie er die menschliche Neigung zu Gier und die Hoffnung auf hohe Renditen geschickt ausgenutzt hatte. Der Fall diente auch als Studienbeispiel in Wirtschafts- und Psychologieseminaren, wo er als Mahnmal für die Gefahren von Manipulation und Täuschung in der Finanzwelt herangezogen wurde.

## Die persönliche Einsicht und Reue – oder das Fehlen davon

Nach seiner Inhaftierung schrieb Hans angeblich in einem Tagebuch über seine Taten und die Motivation hinter seinem Betrug. Es war unklar, ob er echte Reue empfand oder ob er seine Taten rationalisierte. In einigen Einträgen schien er stolz auf die Komplexität seiner Täuschung zu sein, während er in anderen Momenten die Verluste und das Leid seiner Opfer anerkannte. Das Tagebuch wurde nie vollständig veröffentlicht, doch Auszüge sorgten für großes Interesse und zeigten, wie weit Hans in seiner Täuschung von Realität und Fantasie gefangen war.
Der Fall der Plattgold GmbH blieb nicht nur ein historisches Ereignis, sondern eine Lektion über die menschliche Natur. Hans Wagner hatte seine Vision von Reichtum und Macht über alles gestellt und dabei das Vertrauen und die Hoffnungen vieler Menschen missbraucht. Sein Name wurde zum Synonym für Betrug und Täuschung, und seine Geschichte bleibt als Mahnung an die Gefahr, die in überzeugenden Lügen und ungebremster Gier steckt.